내가 세상으로부터 상처 받는 그 순간마다

아픔으로부터 많은 것 배우게 하소서.

내가 고독함에 시달리는 그 순간마다

묵묵히 외로움 받아들이는 섬으로 있게 하소서.

삶이 자꾸 아프다고 말할 때

삶이 자꾸 아프다고 말할 때

개정 1판 1쇄 발행 2015년 4월 17일 **1판 5쇄 발행** 2020년 5월 27일

지은이 김재진
발행처 꿈꾸는서재 **발행인** 황은희, 장건태
주소 경기도 파주시 돌곶이길 170-2(10883)
등록 2018년 10월 4일(제406-2018-000114호)
전화 031)955-9790 **팩스** 031)946-9796 **전자우편** info@suobooks.com
홈페이지 www.suobooks.com
ISBN 979-11-953221-3-8 03810 책값은 뒤표지에 있습니다.

이 도서의 국립중앙도서관 출판시도서목록(CIP)은 서지정보유통지원시스템 홈페이지(http://seoji.nl.go.kr)와
국가자료공동목록시스템(http://www.nl.go.kr/kolisnet)에서 이용하실 수 있습니다. (CIP제어번호: CIP2015009408)

삶이 자꾸 아프다고 말할 때

김
재
진

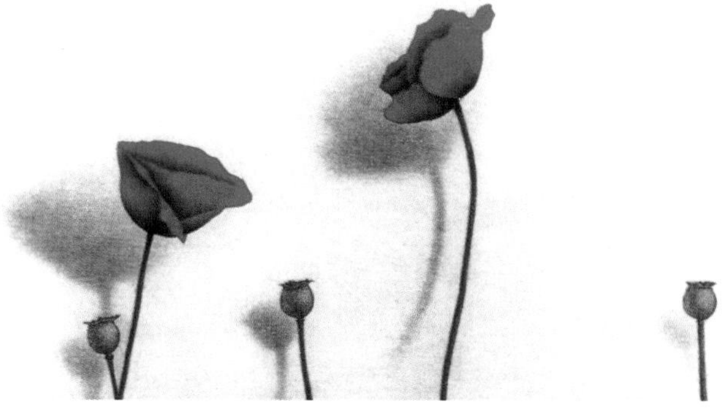

꿈꾸는서재

序言 빈방

내 안에 있는 평화를 위해 노래합니다.

내 안에 있는 진실과
내 안에 있으면서 밖으로 나가지 못하는
문 닫힌 사랑을 위해 노래합니다.

아무도 없는 내 안의

불 꺼진 방을 위해 노래합니다.

작은 식탁과 낮은 책상
마음의 조명을 받아야 볼 수 있는
사랑스런 불빛 따라 노래하며
내 인생의 따뜻했던 순간들을
손가락 뻗어 만져봅니다.

자물쇠 하나 채워놓지 않은 방 안에 있으면서도
방문 열지 못한 채 갇혀 있는
여리디여린 사람들을 위해 노래합니다.

나로 인해 상처 받은 사람들과
세상 모든 다친 사람들을 위해
따뜻한 위로의 노래들을 바칩니다.

차례

천리향 향기 아래

연민에 물을 주며

내 안에 누가 왔다 갔는지

미래의 기억

천리향 향기 아래

꽃자국

꽃 핀다.

나는 아무 말 할 수가 없다.

아무 노래도 부를 수가 없다.

기어코

지고 말 저것들이 온몸에

자국을 낸다.

다시 누군가를

누군가를 사랑한다는 것은
그 사람의 아픔을 사랑하는 것이다.
누군가를 사랑한다는 것은
그 사람의 햇볕과 그 사람의 그늘을
분별하지 않고 받아들이는 것이다.
누군가를 사랑한다는 것은
어두운 밤 나란히 걷는 발자국 소리 같아
멀어져도 도란도란
가지런한 숨결 따라 걸어가는 것이다.
다시 누군가를 사랑한다는 것은
아픔 속에 가려 있는 기쁨을 찾아내는 것이다.
창문을 활짝 열고 새 바람 들여놓듯
누군가를 사랑한다는 것은
그 사람 전체를 받아들이는 것이다.

화살

화살나무 새순이 나고 있다.
날아가 꽂혀도 누구 하나 안 다치는
아픔이 우두커니 마당을 겨냥하고 있다.
어디 하나 맞히지 못해 혼자 속 끓이는
봄 타는 마음에 상처가 난다.

모란

우리 만나던 밤은 모란이었다.
헤어지던 날은
바람이 섬의 모든 문을 흔들어대고
자줏빛 심장마다 구멍을 뚫어놓았다.
섬에서 피는 모란은 바람의 통곡이니
만날 수 없던 날의
타버린 심지 같다.
호랑이 눈 같은 불길 하나 가슴에 안고
한 생을 모란같이 살던 사람은
모란이 지면 따라서 진다.
바람의 유서 같은 상처를 남긴 채
모란이 질 때면 따라서 져라.
후두둑 지고 나면 섬의 오월은
밤을 지키는 맹수의 눈으로
등불 하나 없어도 환하게 탄다.

사랑을 묻거든

사랑을 묻거든 없다고 해라.
내 안에 있어 줄어들지 않는 사랑은
결코 잃어버릴 수 없는 것이니
누가 사랑했냐고 묻거든 모르겠다고 해라.
아파할 일도 없으며 힘들어할 일도 없으니
누가 사랑 때문에 눈물 흘리거든
나를 적시며 흘러가 버린 사랑은
사랑이 아니라 강물이라고 해라.

치유

나의 치유는

너다.

달이 구름을 빠져나가듯

나는 네게 아무것도 아니지만

너는 내게 그 모든 것이다.

모든 치유는 온전히

있는 그대로를 받아들이는 것

아무것도 아니기에 나는

그 모두였고

내가 꿈꾸지 못한 너는 나의

하나뿐인 치유다.

수선화

슬픔이 가만히 서 있다.
다 지나가는데
가끔은 서 있는 것도 있다.
버스를 타고 종점까지 갔다가
되돌아오듯
계절이 그렇게 돌아왔다.
꽃 필 때 지운 문자를
꽃 질 때 다시 생각한다.

이별이 두려워 이별한 적 있는가요?

산에 꽃

산에 바람
동백 핀다.
덩달아 그 소리에 필 뻔했다.
앉지도 못해 마음은 수근대는데
꽃 필 때 있던 사람
꽃 지기 전 가고 없다.
동백이 핀다고 따라서 피지 말라.
산에 꽃,
길 위엔 떨어진 입술,
꽃 가리키며 내려놓는 손가락만 붉다.

새의 편지

내가 누군가를 사랑한다면 나보다 먼저
내 가슴이 말하리.
내가 무엇인가 얻고 싶어 애태운다면
나보다 먼저 내 마음이 구하리.
내가 누군가를 버려 나 하나를 위한다면
나보다 먼저 내 양심이 아파하리.
씀바귀의 하늘, 민들레의 하늘, 새하얀 꽃 피우는
바위말발도리의 하늘,
이제는 만날 수 없어 무덤 위로 펼쳐놓는
비비추, 광대나물, 노랑할미새의 오래된 하늘.
다시 내가 누군가를 사랑한다면 나보다 먼저
꽃들이 알리 새들이 알리.

마음의 절

마음이 먼저 가 절을 만난다.
더러는 만남보다 먼저 이별이 오고
더러는 삶보다 먼저 죽음이 온다.
설령 우리가 다음 생에서 만난다 한들
만나서 숲이 되거나
물이 되어 흘러간들 무엇하랴.
절은 꽃 아래 그늘을 길러 어둠을 맞고
문 열린 대웅전은 빈 배 같아라.
왔어도 머물지 못해 지나가는 바람은
이맘때 내가 버린 슬픔 같은데
더러는 기쁨보다 슬픔이 먼저 오고
더러는 용서보다 상실이 먼저 오니
무엇 하나 버리지 못한 생은 눈물 같아라.

선운사 동백

꽃 떨어져 눈에 밟힐 때
선운사 가지 마라.
가는 길이 맘에 밟혀
천 갈래, 만 갈래 찢어진다 해도
동백 떨어져 세상이 다 숨 가쁠 때
선운사 가지 마라.
사람에게 다친 마음 일어나
앉아도 누워도 일어나기만 해
숨 한 번 몰아쉬기 힘들어질 때
선운사 가려거든 그렇게
가더라도 나 없을 때 가라.
나 아닌 나는 몰래 떼어놓고
가더라도 혼자 가서
밀어둔 눈물 은근 적시고 오라.

선운사 가라

그래 이제 선운사 가라.
꽃 떨어지듯 툭, 마음 내려놓고
꽃이 데리고 온 사람들 사이에서
기어코 찾아올 이별을 허락하라.
그것이 오는 것을 지켜보며
영원한 것이 아무것도 없다는 사실을
깨달으라.
깨달을 것 또한 아무것도 없으니
죽어도 나는 현존하며
꽃 또한 떨어져 그 자리에 있다.
오고 가는 것은 너와 나뿐
그대와 나의 빈 몸뚱이뿐
가지 않는 삶은 침묵 속에 있다.

산에 호랑이

늑대가 사라졌다.
늑대의 눈 속에 있던 산도 사라졌다.
꽃 지고
사라진 산을 안고 하루를 살았다.
하루를 살면 산 만큼 더
그리움도 살았다.
늑대가 사라지듯 슬픔도 사라질 순 없을까.
산이 사라지듯 내 눈 속의 안개도
사라질 순 없을까.
마음도
붙박이지 못해 떠다니는 마음이라면
꽃이 지듯 져버릴 순 없을까.
호랑이도 없는 밤
산에는 꽃 지고
늑대도 없는 밤
산에 사는 온갖 것들이 울다가 웃다가 소릴 지른다.

서늘한 고요

종소리 머금고 있는 꽃은 곧
종소리가 될 것이다.
산은 어둠 속에 긴 선만 남기고
천리향 향기 아래 앉아 나는
떨어지는 별 소리를 듣는다.
내 안을 흐르던 우주가 꽃피워낸
깜깜하고 서늘한 고요.
두드려서 아름다운 북은
선운사 댓돌 아래 밟히고
나는 나 자신만으로도 가득 차 있는데
법고는 소리 내어 먼 바다로 흘러간다.
모든 것 다 품어 안고서도
아무것도 붙잡고 있지 않는 바다
모든 것 다 끌어당기면서도
아무것에도 매이지 않는 향기처럼
나는 내 안에서 꽃핀다.
나는 내 안으로부터 고요하며
내 밖의 종소리가 된다.

살아 있어서 감사

안 날 줄 알았는데 새순이 나네.
다 죽은 줄 알았는데 파랗게
산천을 물들이네.
아픈 세상살이 이와 같아서
바닥인 줄 알았는데 더 내려가네.
다 내려간 줄 알았는데 창이 뚫리네.
겨우 열린 창 틈으로 먼 하늘 보며
때로는 존재한다는 것만으로도 감사,
살아 있어서 감사.

포옹

그대가 누군가를 안을 때 혹은
내가 그대를 안는 그 순간
세상에 혼자 선 서로를 잊어버리며 우리는
고독 속에 모든 것과 연결됨을 안다.
어머니가 하나뿐인 아기를 안듯
우리는 저마다의 상처를 안는다.
비탄의 회랑을 걷는 짧은 기도와
한숨 속을 퍼지는 진언 속에
우리의 한 생애가 누군가와 만나고
우리는 그 사람을 안으며 그의 생애를 안는다.
떨리는 그늘 속에 꽃들이 피고
부신 햇살 속에 나무가 자란다.
한 송이 들꽃보다 약하지만 우리는
어딘가에 연결됨으로써 세상을 안는다.

풀

베어진 풀에서 향기가 난다.
알고 보면 향기는 풀의 상처다.
베이는 순간 사람들은 비명을 지르지만
비명 대신 풀들은 향기를 지른다.
들판을 물들이는 초록의 상처
상처가 내뿜는 향기에 취해 나는
아픈 것도 잊는다.
상처도 저토록 아름다운 것이 있다.

귀향

그 봄을 두고 간다.
단풍도 두고 가야지.
다시 올 수 있을까 염려할 것 없다.
온 적 없으니 가야 할 것 또한 없다.

허공꽃

바람소리에 귀 맡기는 들풀처럼
파도에 옷고름 푸는 해변처럼
눈물에 마음 내어주는 하얀 뺨처럼
바라는 것 없이 나를 인생에 내어주라.
산수국, 카랑코에, 패랭이, 오랑캐꽃
때가 되면 피는 꽃처럼
층꽃나무, 댕강나무, 감탕나무, 눈측백
엄동嚴冬의 흔적 지운 나무처럼
머무는 바 없이 마음을 내라.
모든 것 다 품어 안는 허공처럼.

능소화

능소화가 핀다.
저 꽃이 피기까지 나는
몇 번의 옷을 갈아입고
몇 번의 식사를 했던 것일까?
지금 피고 있는 저 꽃은
눈앞에 있지만 다시 보면 없다.
다만 피고 있는 것처럼 보일 뿐
존재하는 것처럼 보일 뿐 존재하지 않는다.
지금 숨 쉬고 가끔 사랑에 빠지는 그대여,
그대가 느끼는 그것 또한
존재하는 것처럼 보이지만 존재하지 않는다.
있는 것처럼 보일 뿐 우리는 어디에도 없다.

토닥토닥

나는 너를 토닥거리고
너는 나를 토닥거린다.
삶이 자꾸 아프다고 말하고
너는 자꾸 괜찮다고 말한다.
바람이 불어도 괜찮다.
혼자 있어도 괜찮다.
너는 자꾸 토닥거린다.
나도 자꾸 토닥거린다.
다 지나간다고 다 지나갈 거라고
토닥거리다가 잠든다.

연민에 물을 주며

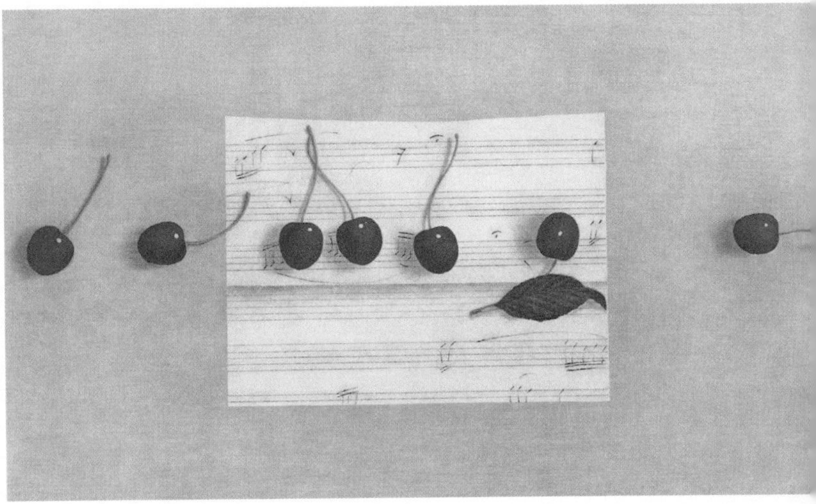

새벽에 용서를

그대에게 보낸 말들이 그대를 다치게 했음을
그대에게 보낸 침묵이 서로를 문 닫게 했음을
내 안에 숨죽인 그 힘든 세월이
한 번도 그대를 어루만지지 못했음을

미안

허락 한 번 받은 적 없으면서
꿀을 가져갔으니
꿀벌에게 미안하다.
허락 한 번 받은 적 없으면서
네 마음에 기대었으니
네 마음에 미안하다.
내 인생의 따뜻했던 순간들
꿀벌같이 잉잉거리던
그 달콤한 시간들을 공짜로
누리기만 했으니
세상에게 미안하다.

외경

상처는 나의 기쁨, 나는 그것을 통해 배운다.
잃을 것 남아 있어 행복한
상실은 나의 희망, 그것을 통해 나는 채운다.
부서진 도끼날이 나무 결을 기억하듯
예민한 칼날이 사과 향을 기억하듯
나무가 품은 봄 향기에 언덕의 풀이 깨어나듯
두려움은 나의 스승, 그것을 통해 나는 세상을 외경한다.

연민

나의 연민은 나의 심장입니다.
나의 연민은 당신의 화분에 불을 켜고
아팠던 시간 지나 꽃눈 싹틔우는
여러 개의 손을 가진 바람입니다.
당신은 아프고
그 아픔은 우주 어디쯤 돌아오는
외로운 행성의 궤도 위를 스칩니다.
상처가 있다면 그 상처가
나 아닌 다른 이를 다치도록 놓아두지 마십시오.
우리가 허용할 수 있는 시간은
별빛이 물결 위에 머무는 그 짧은 동안이 아닙니다.
상처이면서 당신은 사랑이며
연민의 손끝이 스쳐가는 자국마다
우리는 단지 흔적으로도 남지 못하는
순간을 살다 이곳을 떠납니다.
연민에 물을 주며 우리는
나 아닌 남을 살다 가야 합니다.

참회

누군가 나로 인해 아프다면
그 아픔으로 나는 더 아파야 하네.
세상에 사랑은 많고
사랑 아닌 것은 더 많아
분노로 분노를 재울 수 없고
증오로 증오를 멈추게 할 수 없으니
누군가 나로 인해 목말라한다면
그 목마름으로 나는 더 목말라야 하네.

경청

바다를 물들이는 석양을 누가 가질 수 있습니까?
꽃들을 피게 하는 바람을 누가 가질 수 있습니까?
아무것도 우리는 소유할 수 없습니다.
당신의 발소리에 귀 기울이고
저녁 식탁에 부딪치는 수저 소리에 귀 기울이며
존재 전체로 당신을 듣습니다.
우리가 영혼으로 읽던 모든 책들과
넘기는 페이지마다 떠오르던 새벽 별빛과
치마를 끌며 사라지던 어둠의 발소리를 듣습니다.
아무것도 가질 수 없기에 우리는 그 모두입니다.
아무것도 가질 수 없기에 우리는 들을 수 있습니다.

달의 치유

화해에 대해 누가 말했나.
달이 꺾여 둥글 때까지
누가 용서에 대해 말했나.
은하를 지나 산 위로 별 꼬리 내릴 때
지극한 순결로 당신을 받아들입니다.
혼례의 계단에서 신부가 고백하듯
그 지극함으로 나는
세상의 아픔 위에 손 얹어보네.
용서는 내 인생의 신비였고
사랑은 내 심장의 기도이니
이제 나는 치유를 말할 때가 되었네.
달은 떠올라 산을 끌어안고
상수리나무 사이 별빛 촘촘한데
마음속을 맴돌던 그 읊조림을
이제 그만 그대 앞에 펼쳐야겠네.

아픔

계절이 바뀌고 누군가 아프다.
꽃이 피고 누군가 아프다.
아무도 아프지 않은데 혼자서 아파하며
살아오며 누군가를 위로한 적 있는지
돌 틈에 떨어진 풀씨 한 톨만큼이라도
누군가의 마음속에 촛불 켠 적 있는지.

마음의 행상

하루를 걸어 백 리를 가고
이틀을 걸어 그보다 멀리
깃들일 곳 없는 마음 하나 내려놓으려
억울한 마음 하나 내려놓으려
찌르레기는 노래하고 쏙독새의 울음이
바람 아래 수근거리고
쑥부쟁이의 어둠, 엉겅퀴의 어둠, 물 위를 스쳐가는
작은 물떼새의 종종거리는 어둠
하루를 걸어서 백 리를 가고
이틀을 걸어서 그보다 멀리
방랑의 행상 되어 걷다간 쉬고, 걷다간 쉬고
서러운 마음 하나 내려놓으려
억울한 마음 하나 내려놓으려

조금 더 위로가 필요할 때

한 마디 말에 상처 받고
한 마디 말에 문 닫아건다 해도
마음은 희망을 먹고 산다.
꽃 만진 자리에 향기가 남아 있듯
묻어 있는 아픈 흔적 지우기 위해
지금은 조금 더 위로가 필요할 때
카랑코에 떡잎이 햇빛을 먹고 살듯
마음은 기쁨을 먹고 산다.
행복한 상태에선 더 보탤 것 없으니
지금은 조금 더 미소가 필요할 때
마음은 위로를 먹고 산다.

만남

누군가를 만난다는 것은 두려운 일이다.
통째로 그 사람의 생애를 만나기 때문이다.
그가 가진 아픔과, 그가 가진 그리움과
남아 있는 상처를 한꺼번에 만나기 때문이다.

한 사람을

한 사람을 사랑하는 것은
한 사람을 아파하는 것이다.
한 사람을 사랑하는 것은
한 사람의 생애를 온몸으로 느끼는 것이다.
꽃 한 송이 필 때 우주가 함께 피듯
대양의 무게와 부피가
한 방울의 물,
한 조각 소금으로 늘어나듯
한 사람을 사랑하는 것은
하나의 별, 하나의 지구가
사랑하는 그만큼 늘어나는 것이다.
진실한 사랑은 홀로 있어도 외롭지 아니하니
한 사람을 사랑하는 것은
그 사람의 우주를 받아들이는 것이다.

노래

떠오르는 그 순간
말하라.
늦지 않도록.
내 마음속에 그대가 있다고 말하라.
버려도, 버려도 내 안을 맴도는
버릴 수 없는 단 한 가지가 있다고
말하라.
늦지 않도록 말하라.
바람을 타고 흘러가 어젯밤
내가 부르던 노랫소리가
더 이상 들리지 않기 전에.

제주 바다

바다 끝에 누가 있는지
바다가 운다.
등대가 켜놓은 불빛 때문에
눈을 감아도 난 눈이 부신데
바다 끝에 누가 온 건지
하늘의 별들이 우르르 쏟아져
바다로 빠진다.
너는 끝내 잠들지 못하고
나는 그만 네 안에 눕는다.
애월에서 표선까지
걸어서 찾아갈 이름 하나 있다면
별들이 쏟아진 그곳
바다에 앉아 내 안을 보라.

그대 안의 바다

바다를 보며 그대를 생각하네.
그대를 보면 바다를 생각하네.
그대 안에 바다가 있어 나는
하루종일 앉아 그대를 마시네.

섬

내 안의 어둠이 내 밖의 사랑과 만나 빛이 되기를
내 안의 파도가 내 밖의 바다와 만나 새가 되기를
내 안의 분노가 내 밖의 거룩함과 만나 용서가 되기를
내가 뭔가를 간절히 원하며 기도할 때마다
갈망하는 그 마음으로부터 벗어나게 하소서.
내가 세상으로부터 상처 받는 그 순간마다
아픔으로부터 많은 것 배우게 하소서.
내가 고독함에 시달리는 그 순간마다
묵묵히 외로움 받아들이는 섬으로 있게 하소서.

물의 사원

애월로 갔다.
끌어당기지 않아도 인생은 어딘가로 끌려간다.
빛은 바다에서 새처럼 울고
물의 사원을 바라보며 카메라의 셔터를 눌렀다.
애월 지나 표선까지 가려 한다.
횡계에서 진부까지 가는 길은 설국이고
눈의 사원에서 헤어진 사람을 생각했다.
한 번도 만나지 않은 수목과 이별한 바다는
한계령 지나 경계를 긋고
애월에서 내가 버린 달은
끌어당기지 않아도 끌려간다.
성산 지나 표선 가는 길
애월은 없다 떠올리지 않는 한
만난 사람도 없다.
물의 사원에서 저마다 헤어지고
다시는 아무도 헤어지지 않는다.

비애의 악기

갈망이 나를 태운다.
다음 봄이 오기까지 꽃들은
뿌리를 젖게 하던 비를 그리워하겠지.
살구나무 사이로 결핍이 매달리고
세월이 지나갈 때 비로소 세월을 깨닫고
사랑이 지나갈 때 비로소 사랑을 후회한다.
멈추어 서서 계절은 비애를 노래하고
모든 연애가 연애로 위장된 비애인 것을
구두끈 적시던 빗물은 안다.
사막은 너무 많은 빗물을 못 견디고
침묵하는 사람들은 너무 많은 말을 못 견디고
그리움은 너무 긴 기다림을 견디지 못한다.
너무 많은 것은 화를 부르니
너무 많은 돈을 가진 졸부와
너무 많은 남자를 가진 여자와
너무 많이 고민하는 사람이 다르지 않다.

온종일 내린 비가 잎들의 근심을 무겁게 할 때
눅눅해진 허리 비틀며 악기는
갈망의 몸뚱이를 만지작거린다.
천 개의 늑골과 천 개의 꿈으로 이루어진 육체
음표의 갈비뼈를 문지르며 여름나무는
비를 사모하고
사랑이 시들어 갈 때 사랑을 후회하고
꿈이 시들어 갈 때 다시 꿈꾼다.

달처럼 슬픈 기타

털 뽑힌 오리가
날아다닌다.
달은 떠 있고 기타는 슬프다.
가벼울 대로 가벼워서 깃털처럼 약한
인생도 따라서 슬프다.
밤공기를 가르는 셔틀콕의 아픔
존재와 소유의 경계에서 사람들이
배드민턴을 친다.
언젠가 나도 저렇게 경계를 넘어
밤하늘을 날아다닐지 모른다.
언젠가 나도 다 잃은 채
기타가 울듯이 울지도 모른다.
달은 떠 있고 인생은 무겁다.
나는 잠시 시공간적 좌표를 잊어버린다.
간신히 털 뽑히지 않고 견디어 온
지상의 오리들이 셔틀콕을 날린다.
다가올 공포를 애써 누른 채
날아오는 셔틀콕을 맞받아치는
손아귀에 힘이 들어간다.

산 채 털 뽑히는 오리들의 비명이

경쾌한 소리 내며 날아다닌다.

* 배드민턴 셔틀콕 하나엔 오리 서너 마리의 깃털이 들어간다.

셔틀콕의 탄력과 스피드를 살리기 위해 오리는 산 채로 털이 뽑히는데,

셔틀콕에 꽂힌 열여섯 개 깃털은 그렇게 만들어진다.

꽃을 버리며

오늘 아침 꽃병의 꽃을 버리듯
만약 버림받는다면 나는
나를 버린 그 사람을 용서할 수 있을까?
그도 나처럼
버림받는 것이 두려워서 그랬을지 모른다.
어쩌면 그는 나보다 더 많은 상처를 가지고 있고
그가 나를 버린 것이 아니라
상처가 나를 버린 것인지 모른다.
내가 배고플 때 나 대신 아무도 밥 먹어줄 수 없듯
내가 버리지 않았는데 나 대신 나를
버릴 수 있는 사람은 없다.
그가 설령 나를 버렸다 해도
그것은 그를 더 이해하는 기회일 뿐
우리는 단지
세상과 조금 더 가까워지고
조금 더 이해받고 싶은 것이다.
버림받는 것이 두려워 우리는 먼저 버리려 한다.

유성기

봄이 눈물 흘리고 있다. 꽃들이 지고
네가 만지다 간 슬픔 넘어 흙냄새가 난다.
악기를 연주하다 내버려둔 채 새들이
숲의 문장을 완성한다.
곧 계절이 바뀔 것이다.
이별을 통지받은 여자같이 찔레가
가시를 세우고
시든 민들레 같은 현기증 아래
쪼그려 앉아 옛날 노래를 듣는다.
달콤하고 오래된 이별
삶의 경전에서 흘러나온 빛나는 가락이
한 땀, 한 땀 바느질을 한다.
나는 누구인가? 푸른 들 데리고 찾아오는
허공의 문장 아래 빈 몸 내려놓는
아프고 깊은 나는 정말 누구인가?

슬픔의 나이

별똥별 하나 떨어진다 해서
우주가 가벼워지는 건 아니다.
내가 네게로부터 멀어진다 해서
내 마음이 가벼워지는 건 아니다.
밤은 세상에 있는 모든 별을 산 위로 데려오고
너는 네 안에 있던 기쁨 몇 개 내게로 데려왔지만
기쁨이 있다 해서 슬픔이 없어지는 건 아니다.
기쁨을 더한 만큼 세상은 아주 조금 풍요로워졌을 뿐
달라진 건 없다.
꽃은 그 자리서 향기를 내뿜고 있고
둥근 나이테 새기며 나무는 조금 더
허공을 향해 두 팔을 뻗을 뿐이다.
누구도 내가 초대한 이별을 귀 기울여 듣는 이 없고
사라져간 별똥별의 길게 드리운 꼬리 위로
휘황한 아픔을 새겨 넣는 이도 없다.
그렇게 우리는 흔적 없이 지워질 것이다.
네가 내 영혼에 새겨 넣고 내가 네 영혼에 조그맣게 파놓은
우물이나 그리움 같은 것들도
자국도 없이 사라지고 말 것이다.

또 한 번의 기도

내가 나를 사랑하는 누군가를
더 외롭게 하는 사람이 되지 않게 하소서.
내가 나를 그리워하는 그 누군가에게
떠올리기만 해도 다칠 듯한
아픔으로 맺히는 대상이 되지 않게 하소서.
순간을 머물다 세상과 멀어진다 해도
눈물로 남는 것이 아니라 미소로 남으며
내게 기대는 그 누군가에게
그 자리에 있다는 것 하나만으로도 위안이 되는
고마운 존재가 되게 하소서.

내 안에 누가 왔다 갔는지

내 안의 나

상처 받은 이를 껴안기에 나는 너무 작다.

작은 나를 넘어서기에도 나는 너무 작다.

멀리 있는 사람이여,

나는 아직 너를 안을 수가 없다.

연필 깎는 시간

마음속에서 누군가
속삭이듯 이야기할 때 있습니다.
사각거리며 걸어가는 눈 위의 발소리처럼
내 마음속의 백지 위로 누군가
긴 편지 쓸 때 있습니다.
한쪽 무릎 세우고
뭔가를 깎아보고 싶어 연필을 손에 쥡니다.
주전자의 물이 끓는 겨울 저녁 아홉 시
유리창엔 김이 서립니다.
내 마음에도 김이 서립니다.
때로 몸이 느끼지 못하는 걸
마음이 먼저 느낄 때 있습니다.
채 깎지 않은 연필로 종이 위에
'시간'이라고 써봅니다.
좀 더 크게 '세월'이라고 써봅니다.
아직도 나는 내게 허용된 세월을
다 써버리지 않았습니다.

동행

절망이 내게 문자를 보낸다.
나는 절망의 메시지를 읽는다.
불안이 내게 문자를 보낸다.
나는 불안이 보낸 메시지를 읽는다.
읽고 버린다.
그대의 암癌은 그대의 두려움이 그대에게 보낸 문자.
그대의 모든 상처와 그대의 모든 병은
그대의 소외와 그대의 공포가 그대에게 보낸 문자.
그들이 보낸 메시지를 우리는 해독할 수 없다.
기쁨과 고통이 함께 우리의 동반자지만
우리는 그들의 동행을 이해할 수 없다.
상처와 치유가 함께 우리의 동반자지만
우리는 그들을 받아들이지 못한다.

밤의 정원

- 확대명상

꽃의 마음 옮겨 와 정원에 심는다.
흙은 촉촉하고 존재는 신비하다.
우주 한쪽에 살던 별의 식구들이
꽃의 식구와 만나 이슬로 빛난다.
닫혔던 문 열어 숲은 달을 기다리고
별빛 끌어당겨 대지는 우주를 숨 쉰다.
숨을 곳 없는 달이 물에 비쳐
호수의 얼굴이 환해질 때
꽃 앞에 앉아 밤 산 바라보며
쉬는 듯 조는 듯 향기 따라 퍼져간다.
나는 내 바깥으로 확장된다.
수묵水墨의 동선 따라
산의 마음도 따라서 확장된다.
꽃은 창을 열어 숲을 받아들이고
꽃 앞에 앉아 나는 우주와 하나가 된다.
모든 것 다 변해도 세상엔
변하지 않는 것이 있다.

모든 것 다 사라져도 세상엔
사라지지 않는 것들이 있다.
사라지는 것들의
사라지지 않는 소리를 듣기 위해
내 귀는 고독과 하나가 된다.
존재는 고요하고 은하계는 광활하다.
모든 것 다 흘러가도 흘러가지 않는 것이 있다.

지난 생의 눈

내가 그녀를 사랑한 건 그녀의 눈 때문이다.
그 눈은 언제나 말을 했고
싸락눈 내리듯 젖어 있는 발등 위로
내 발 포개며 나는 그녀의 전생과 나의 전생이
포개진 두 발처럼 겹쳐진 것을 본다.
그녀는 전생의 나였고, 나는 전생의 그녀였으니
내가 그녀를 사랑한 건 부질없는
지나간 생의 언약 때문이리.
우리가 함께 지난 생에서 저질렀던 몹쓸 짓은
환생의 끈 되어 이번 생을 상처 내고
빚 받으러 온 사람처럼 채근하는 내 마음은
어둠의 문 안에서 기쁨을 구하고 있으니
구름의 발과 장미의 심장 위로
지난 생 내가 얻으려 했던 것은 무엇인가?
침묵의 공간에서 그저 눈으로 말하며
그 귀로 내 가슴에 박히는 못 소리 듣는
은근하고 깊은 저 울음은 누구의 우물이며
이제는 나를 버려
나 또한 버림으로써 더 깊어진 그녀의 슬픈 눈은

무엇이 남긴 강물인가?

흘러서 세상을 씻는 물은 흐름 가운데 멈춤을 익히는데

사람에 다친 이의 한 생은

멈춰서도 간다. 머물러 있는데도 간다.

별의 식구

세상 모든 신비는 우연히 일어난다.
세상 모든 만남도 우연히 일어난다.
벚꽃 잎이 흙 위로 몸을 눕히고
새들이 하늘에 푸른 길을 낼 때
집 한 채 등에 지고 달팽이는
느릿한 과거 속을 정진精進하고 있다.
나이 먹은 악사처럼 귀먹은 소리 내는
처마 끝의 풍경들이 우연히 바람을 만나고
떠내려가는 강물이 우연히 나룻배를 만나고
저물어가는 내 인생이 우연히 누군가와 마주칠 때
만남이 끌어당긴 이별 또한 우연히 잉태된다.
별에 살며 또 다른 별로 옮겨 가는
별의 식구들인 우리에게
하루가 더하면 하루가 더하는 만큼
지구의 중력에 몸뚱이 의탁한 채
바닥에 몸을 앉힌 콩새는 우연히 지저귄다.
콩새의 문법을 알기 위해 콩새의 과거를 알 이유는 없다.
과거, 현재, 미래가 겹쳐져 공회전하는
우주의 문법을 알기 위해 우주의 나이를 알 이유도 없다.

우연히 만난 그대가 버리려 애태우는 기억을
아무것도 아닌 내가 알아야 할 이유도 없다.
살구색 콩새가 산란하는 오월에
콩새가 지저귀듯 우연은 지저귄다. 지저귀며 쌓인다.
숲 속의 모든 활엽수는 그 자리에 서서 나이 먹고
세상의 모든 별은 빛이 사라진 자리에서 빛을 내는데
세상 모든 우연은 우연히 만나 돌이킬 수 없는 운명이 된다.
지상에 존재한다는 사실 하나만으로도 경이로운
우연히 그대를 만나 내 가슴 두근거릴 때
긴 꼬리 그어놓고 사라져가는
별똥별의 신비를 내 눈이 따라갈 때
우연이 끌어당긴 만남이
또 하나의 이별을 만들어내며 눈물 뿌릴 때

내 안의 바닥

만약 우물의 바닥에 내려가 우물을 본다면
우물은 하늘 향해 뚫어놓은 길고 둥근 창이다.
만약 세상의 바닥에 내려가 세상을 본다면
세상은 희망을 향해 뚫려 있는 좁고 가파른 터널이다.
드넓은 창공을 절반만 쓰는 겨울새는
유리창 모퉁이를 스쳐가듯 나는데
발자국 없이 다녀간 지난밤의 성에가
손바닥 가득 새겨놓은 얼음의 시린 문장
얼음은 쓰라렸던 시절의 벗
저마다의 혹한을 번역하기 위해 우리는
저마다의 불을 가지고 있고
저마다의 생을 번역하기 위해 우리는
저마다의 아픔을 안고 있다.
만약 생의 바닥에 내려가 생을 본다면
생은 깨어지기 쉬운 언어로 직조된
얇고 푸른 문장이다.
유리창에 머리 박아 추락하는 새처럼
추락한 뒤 정신 차려 날아가는 새처럼
세상의 바닥이 세상의 하늘을 감싸 안듯

모든 우물이 모든 하늘을 되비추듯
바닥에 앉아 바닥으로 눕지 않는
속 깊은 샘물들은 찰랑거려라.
내 안에 마르지 않는 우물 하나 품은 채
눈 덮여 꿈틀거리는 산맥들은 아름다워라.

겨울, 두오모

두오모 성당 꼭대기엔 누가 있을까?
돌계단 헤아리며 내가 찾아 올라 갈
네 마음 꼭대기엔 누가 있을까?
이별이 오기 전에 이별이 두렵고
아픔이 오기 전에 아픔이 두려운
사랑이 가도 어느 것 하나 놓을 수 없어
올라간 계단 위에 주저앉는 사람아,
이별이 두려워서 먼저 이별 속으로
떠나가고 다시는 오지 않는 사람아,
사랑이 무서워 사랑을 피하고
눈물이 무서워 입술 깨물며
속으로 깊은 울음 삼키는 사람아.

작은 영혼

한 마리 곰의 영혼과
개미의 영혼
한 마리 솔개의 영혼과
매미의 영혼
슬픔에 주저앉는 사람들의 영혼과
저 느린 자벌레의
있는지 없는지 재어볼 수 없는 영혼
영혼이라 부르면 숙연해진다.
마치 영원이란 말을 되새겨 보듯
영혼이란 말을 부르면 문득
영원한 무엇인가가 있는 것 같다.

미라클

돌가루 덮어쓴 채 한 사내가
바위를 쪼고 있다.
돌 속에 갇혀 있는 그대 모습
돌 속에 갇혀 굳어버린
떠오르지 못한 사랑
내가 만난 우연은
내가 놓친 기적이다.
아직 나타나지 않은 생의 기적들이
돌 속에서 드러나고
다만 조각을 걷어내었을 뿐
시간은 아무것도 스쳐가지 않았다.
빛나는 생은 변함없이
쪼아대는 정 끝에 반짝이며 걸려 있고
붉게 탄 저 근육은
남겨진 생이 견뎌야 할 영혼의 노동인가?
우연을 기적으로 보건
기적을 우연으로 보건
돌조각 걷어내면 드러날 나는
내 생의 기적이다.

두려움

나는 거짓말하지 않는
사람입니다라고 거짓말한다.
때로는 존재 자체가 거짓이고
진실은 무대에 오르기 전 읽던 대본 같다.
낯익은 거짓말 버리고 서툴게
진실을 말하고 싶다면 기억하라.
마음에 거짓이 있는 한 두려움은 계속된다.

누군가 떠나가고

더 많이 가지기 위해 사람들은 애쓰고
더 크게 성취하기 위해 몰두한다.
누군가 떠나가고
누군가 소리도 없이 세상으로 편입되고
상처 받은 누군가가 꼭꼭 방문을 닫아걸고
꽃이 지고
아무도 내 말에 귀 기울여주지 않는다 해도
더 많이 가지기 위해 사람들은 애쓰고
더 빨리 올라가기 위해 사다리를 버린다.
울면서 그녀는 떠나가고
더 많이 행복해지기 위해 사람들은
더 많이 불행해져도 괜찮다고 믿는다.

나

나는 누구인가? 나는
내가 가진 이것들인가?
나는 누구인가? 나는
내가 하고 있는 이 일들인가?
나는 없고
있으면서 나는 없고
없으므로 비어 있지만
손가락 끝에서 끝나거나
이제는 오래 사용해 주름살 더한
피부 끝에서 나는
끝나는 존재인가? 그렇게
있으면서 없고
없으면서 있는 나는
버릴 수 있어 자유로운데.

사람의 낙타

낙타가 걷는다.
낙타라고 불리는 사내도 걷는다.
무릎 꺾어 등에 진
낙타의 세월은 멀고 무겁다.
늦도록 등짐 진
사내의 세월도 멀고 무겁다.
사자는 창살에 갇혀 있고
낙타는 모래 위로 발자국을 버리는데
낙타는 과거 속에 살고 사자는 미래 속에 산다.
누가 그것을 이해할 것인가?
누가 나를 버려 너를 받아들일 것인가?

그 후

화병은 넘어지고 물은 쏟아졌네.
내 안에 누가 들어왔다 갔는지
꽃은 꺾이고 향기는 사라졌네.
누가 들어와 내 마음 흩트려놓고 갔는지
새들은 날아가고 깃털만 어지럽네.
누가 내 안에
손가락 디밀어 분질러놓고 간 건지
가지는 부러지고 꽃잎만 분분하네.

오래 산 집

나는 오래된 몸을 가진
집에 살고 있네.
사랑은 저절로 일어나는 치유이니
오래된 주전자가 차를 끓이듯
이파리 하나에도 향기가 우러나네.
눈물은 내 영혼의 누옥
오래 산 집에 빗물 스미듯
조금씩 내려앉아 허물어지네.
오래 깃들어 바꿀 때 가까워진
내 몸은 오래된 집
달 기울어 꺾이기 전
별 뜨게 한 그 산을 누가 옮길 수 있을까?

그 산에 다시 갈 수 있을까?

사랑하지 않기 위해 사랑을 감추고
마음 아프지 않기 위해 마음을 감추고
더 이상 감출 것 없는 생의 끝에서
끊어진 울음 따라 마음 누르는
네가 숨 가쁜 탄식이라면
오래된 탄식이 만날 침묵이라면
내가 바친 기도는 메마른 숲
아무것도 더 해볼 수 없어 울음 누를 때
늦도록 꽃 못 피운 산이라네.

상처

비탄을 말할 때 그는 웃었다.
상처에서 그는 기쁨을 보았던가.
이별이라 말할 때 그는 웃었다.
비애는 별 같고
은하를 가로질러 수정체 반짝이는
밤의 창들은 아름다워라.
백양나무 잎들이 수심으로 깊어진 날
상처를 씻기 위해 산들은 강 쪽으로 걷는다.
몸 낮춘 길들이 발자국마다 따라오고
소리 내는 강들은 소리 없는 강의 표면
상처를 사랑으로 안는 이는 눈부셔라.
오래된 어둠이 빛 하나에 벗겨지듯
소리 내는 아픔은 소리 없는 아픔의 표면
더 아픈 것들은 소리조차 없으니
비탄을 노래로 부른 이는 아름다워라.

꽃

내 눈앞에 핀 꽃
다 진다.
길 위에 서 있는 나무
다 지워진다.
물 위로 떨어지는
　꽃
　　　꽃
　꽃
창밖에 아무것도
싹트지 않는다 해도
꽃 피우려 하지 말라 그대여
타오르기 위해 더 이상
구하지 말라 그대여
내 안에 숨어 있는 그 향기를
그저 바라보기만 하라.

떠나는 친구에게

눈앞에 있는 저 하얀 벽보다
눈 감고 보는 세상이 더 아름답지 않은가.
느릿한 몸짓으로 떨어지는 한 방울 링거보다
누군가 흘리는 눈물 한 방울이 더 위로되지 않는가.
눈앞의 시간 다 지워지고 이제
아무것도 줄 것이 없구나 친구여
마음속 건반 눌러
내 안의 풍금소리 꺼내 네게 들려줄 수 있다면
흐릿해져 더 이상 낄 수 없는 안경 닦아
파랗고 맑은 하늘 네게 보여줄 수 있다면
네 맥박 떨리고 의식 흐려져
지나간 날 아무것도 기억할 수 없어도
아름답지 않은가 친구여,
혹은 다투고, 혹은 껴안으며 함께 머물렀던 시간들
이제 그만 쉬어가기 원하는 먼 길처럼
이제 우린 모처럼의 평화가 필요한 모양이다.
아무것에도 매이지 않는
넉넉하고 커다란 휴식이 필요한 모양이다.

바람, 나

내 안에 바람이 있다.
내 안에 불이 있다.
내 안에 산이 있고
내 안에 오래도록 묻어둔 항아리가 있다.
내 안에 피는 이 꽃들을,
숨 막혀 터질 것 같은 향기를,
전할 수 없어 아쉬워라 그대여
빛나던 그 별들을 다
헤아릴 수 없어 안타까워라.
우리가 우주 속에 있는 것이 아니라
우주가 우리 속에 있으니
나는 나 하나로 가득할 뿐 부족할 것 없다.

화

그대의 분노는
그대의 두려움으로부터 나온다.
우리는 화를 내고
화는 우리를 삼킨다.
나를 삼킨 분노 뒤에 숨어 나는
두려워하고 있다.
약한 내가 드러날 것이 두렵고
감춰둔 부정직이 탄로 날 것이 두려운
작고 우울한 내면의 나는
스스로를 방어하기 위해 더 크게 화를 낸다.
분노란
용기 없는 우리가 자신을 방어하기 위해 꺼내 드는
오래된 방패다.
두려움이 토해낸 그것은 그러나
너무 낡아 아무것도 방어할 수 없다.

충만

그는 불운했다.

그의 불운이 그의 행운이네.

그는 가난했다.

그의 가난이 그의 풍요이네.

모든 결핍이 텅 비게 하니

더 잃을 것 없어

더 채울 것 없네.

미래의 기억

리딩

비의에 가득 찬 세월을 리딩하고 싶은 그대여
내가 어떤 별에서 왔고, 다시 어떤 별로 건너간다 해도
세상의 감추어진 페이지를 읽으려 하지 말라.
지금 그대가 서 있는 곳이 과거와 미래의 근원이니
우리는 스스로의 운명을 리딩한다.

새벽밥

나는 누구의 적이었을까?
누구를 적으로 삼아 한 세월 넘어왔을까?
누구를 용서하기보다 문득
누구에게 용서받아야 할지
찬물 한 잔에도 서늘해지는 새벽
살아남기 위해 살얼음 밟으며
나는 너에게
너는 나에게
밥 한 그릇 따뜻하게 나누기보다
한 그릇 밥조차 제 몫으로 챙기기 위해
적으로 서진 않았던가?
살아온 세월보다 살아갈 세월이 짧아
어둡고 차가운 새벽
누군가를 용서하기에 앞서
누군가에게 용서받아야 한다는 사실이
갚아야 할 빚처럼 떠오르는 새벽.

꽃그늘

꽃 진다.
우주 전체가 지고 있다.
입 속의 차 향기에
차 나무 한 그루 숨어 있듯
한 조각 소금이
바나 전체를 품어안듯
내 안의 허공 위로
가랑잎 하나 내려앉듯
꽃 진다.
멀리 있던 사람들이
송두리째 물든다.

푸른 양귀비

내가 질문하면 너는 대답했지.
그건 소리가 아니었지만
너는 말하고 나는 듣고 있었어.
이 추운 곳에서 어떻게 살아가니?
창백한 얼굴 들어 너는 나를 올려보며
푸르고 조그만 입김 불어 대답해왔지.
얼른 피고 얼른 지는 게 내 운명이야.
다음 날은 바람이 드셌고
너는 이미 사라지고 없었어.
너 따라가는 마음 불러 나는 바람에게 물었지.
꽃들은 어디 갔니? 푸른 양귀비는?
너무 투명한 것들은 오래가지 못하는 법이니
몇 장의 꽃잎으로 하늘 받든 너는 내게
얼른 피고 얼른 지며
세상 넘는 법을 가르쳐줬지.
낙타는 혹을 지고 사막을 넘고
강물은 낮게 흘러 산을 넘는데
혹한의 세상에서 빛나는 것들은
얼른 피고 얼른 지며 스스로를 넘는다.

* 해발 5,000미터가 넘는 높은 산에만 피는 푸른 양귀비는 히말라야 산 속에 남아 있는 불교 왕국 부탄의 나라꽃이다. 고산의 추운 기후 속에서 바람만 불어도 꽃잎이 다 떨어지고 마는 이 꽃은 얼른 피었다가 얼른 지며 한 생을 사는데, 산소가 부족한 곳에서 피는 푸른 양귀비의 푸른빛은 Green이 아닌 창백한 Blue를 뜻한다.

인생의 별

혼자 있는 산 속에
낯선 사람 몇 다녀갔다.
바스락거리는 나뭇잎 소리 감춰놓고
꿩도 다녀갔다.
적막은 벗이 없어 늘 혼자서 다니지만
깊은 항아리를 품고 있어
휑, 비어 있다.
비어 있는 세상 속으로 잠깐
들어왔다가 나가는 이 있다.
누가 왔다 갔는지도 모르는 사이
꽃들은 피다 지고
별들은 어느새 저녁을 준비하고 있다.
다 어디로 갔을까?
인생의 초저녁엔 이슬 같은 별이 뜬다.

낙산을 걷다

생이 아플 무렵 낙산을 걷는다.
조금 헐렁한 신발과 멀리 있는 그리움과
걷다가 자주 쉬는 약한 무릎 데리고
시린 이빨같이 생이 흔들리는 날
낙산을 걷는다.
물들어도 물들지 않는 내 안의 잎들과
끝내 안아보지 못한 슬픈 어깨와
적막이 깊어 더 내려가지 못한
돌층계 밟으며 외로움 따라 밟는다.
디딜 때마다 끌려오는
생의 무게와
남아 있는 길의 남아 있지 않은 위안과
어둠의 등 뒤에 누가 있는지
고요의 그림자가 성보다 크다.

산꽃 이야기

식물의 말을 알아들을 수 있다면
가령 산딸기가 하는 말이나
노각나무가 꽃 피우며 속삭이는 하얀 말들을
알아들을 수 있다면
톱 한 자루 손에 들고 숲길 가는 동안
떨고 있는 나무들 마음 헤아릴 수 있다면
꿈틀거리며 흙 속을 사는 지렁이의 마음을 느낄 수 있다면
이제는 사라져 찾을 길 없는
늑대의 눈 속으로 벅차오른 산을 다시 볼 수 있다면
너로부터 닫혀 있는 나와
나로부터 닫혀 있는 너의
그 많은 창문들 하나하나 열어볼 수 있다면
휘영청 달 뜨는 밤
산꽃이 하는 이야기를 들을 수만 있다면

폭우 뒤

숲 속에 사는 온갖 이파리들이
한꺼번에 몸 떨어
물방울 떨어트리는 소리
목이 부은 바다는
밀쳐놓은 소라 껍데기 속에서 잠들고
갈 데까지 다 가버린 인생을 목 놓아 우는
노래는 밑 빠진 생의 절창이네.
아무것도 아니기에 나는 모든 것인데
연민은 나의 미래였고
기쁨은 나의 믿어지지 않는 과거였네.

멀리 가는 강처럼

이제 내 마음의 순결이 조금 더 굳어지기 전에
모르는 누군가를 더 받아들이고 용납해야지.
죽음을 앞둔 노인의 눈을 들여다보며
눈 속에 깊이 담긴 삶의 진실을 조금 더 이해하고
끌어안아야지.
어쩌면 한 번쯤 더 사랑을 하고
한 번쯤 더 고통 앞에
멀리 가는 강처럼 소리 낮춰 소용돌이친다 해도
마음의 근육 조금 더 굳어지기 전에
상처 받은 누군가를 위로하고 다독거려야지.
용서하기 힘든 일도 내려놓으며
가보지 않은 길이라도 익숙한 사람처럼
성큼성큼 두려움 없이 걸어가야지.
이제 남은 시간 더 어두워지기 전에
화분에 물을 주고 장미꽃 향기를 들여놔야지.

버림

한 손엔 꽃
남아 있는 한 손엔 보석을 쥔 당신에게
버리라고 말한다면 무엇을 버리겠는가?
당신은 물론 꽃을 버릴 것이다.
그러나 꽃을 버린 당신에게 또 하나 더
버리라고 말한다면
어리둥절하지만 당신은
나머지 것마저 버릴 수밖에 없다.
왜냐면 당신이 쥐고 있는 그것들은
버리라고 명하는 그 사람을 위해 가지고 온 것이니까.
그러나 꽃도 보석도 내려놓은 당신을 위해
그 사람은 여전히 버리라고 말한다.
무엇을 버릴 것인가 당신은?
당신과 내가 참으로
버려야 할 것은 무엇인가?

빈 무용수

나의 춤
그대의 몸
물 위를 걷는 맨발 아래
몸이 있기에 내가 있고
몸이 있기에 그대가 있고
상실은 기적이고 생은 우연이니
존재에 대해 아무것도
선택하지 말라.
춤추는 자는 사라지고 춤만 남아
강처럼 흐른다 해도
함이 없이 하게 되는 그 흐름에
그냥 그대로
맡겨라.
아무것도 더 필요하지 않다.

꽃 필 때 떠난 사람

자면서도 나는 깨어 있다.
해독되지 않은 언어로 세상은 번역되고
꽃들이 피고 있다 내 몸의 바깥에서
지구가 돌고
벌레 한 마리 내 안에서 울고 있다.
조금 더 이해받기 위해 미소 지으며
사랑하기 위해 우린 사랑을 앓는다.

설국

밤은 지금 적막이 손님입니다.
싸늘한 유리창에 손가락 흘려
누군가의 이름 하나 써놓고 떠난
상처는 내 생의 손님입니다.
어깨 가득 눈발을 얹고
발 없는 눈을 위해 바람을 데리고 온
막차가 출발합니다.
손 시린 사람들은 증기 대신 입김 내뿜어 길을 갑니다.
호수는 얼고 마음도 따라서 얼어붙습니다.
눈물도 얼고 기쁨도 얼어붙습니다.
모든 것이 다 얼어붙는다 해도
얼어붙지 않는 것이 있습니다.
모든 것이 다 지워져 버린다 해도
지워지지 않는 것이 있습니다.
눈발에 채여 뒹굴고 있는
밤은 이제 눈보라로 윙윙거립니다.
적막이 손님이던 시절은 잠시뿐입니다.
모든 것 다 지워져 하얗게 아픈
설국에 가면 적막은 손님이 아니라 주인입니다.

거인

사람들은 기도를 무엇을 구하는 것이라 여기네.
가까운 이의 죽음 앞에 아무것도 할 수 없어 무기력할 때
누군가로부터 버림받았을 때
사랑하는 이의 눈동자 속에서 더 이상
내 안을 비추는 따뜻한 빛 찾을 수가 없을 때
답답함이 세력을 얻어 숨조차 쉴 수 없을 때
내일이 안 보이는 깜깜함에 갇혔을 때
어딘가에 매달려 사람들은 기도하고 싶어 하네.
한때 내가 사랑했던 사람과
한때 내가 미워했던 사람과
한때 나를 힘들게 했던 그 모든 벽들과
벽들이 갈라놓은 질식의 공간과
저녁의 식사와 아침의 푸른 공기 사이에 박혀 있는
갈구渴求의 절박함
그러나 기도는 뭔가를 구하는 것이 아니라네.
기도는 또 하나의 나
내 안에 숨어 있는 거인을 불러내는 일이라네.

세상의 기도

벌레 한 마리 기어간다.
느리게 가는 저 벌레는
속도에 대해 알고 있는 것일까?
삶이 결코
속도에 의해 확장되는 것이 아니라는 사실을
벌레가 아는 만큼 나 또한 알고 있는 것일까?
남보다 빠른 속도로 왔던 것들이
남보다 빠른 속도로 사라져가는 공간에
느리게 기어서 생을 채우는 것들이
온몸 밀어 바닥이 된다.
객관적인 시간과 주관적인 시간 틈에서
씨줄과 날줄로 교직되는
비어 있는 저 공간을 무엇이라 불러야 하는가?
한쪽에선 태어나고, 한쪽에선 사라지며
가난하거나 부유하거나, 아니면
가난하지도 부유하지도 않은 모든 것들이
공평하게 등 눕히는
구멍 난 저 바닥을 우주라고 부르는 것일까?

가쁜 호흡으로 오체투지하거나
적멸의 틈새 끼어 두 손 모으며
기도하는 그 순간 우린 어디로 사라지는 것일까?
어디로 연결되는 것일까 우리는?
세상 모든 생명들이 삶이라고 부르는
비릿한 저것들은 어디를 윤회하다 돌아오는 것일까?

나무의 꿈

당신이 인간이라고 꿈꾼다면
나는 나무라고 꿈꾼다.
한 생을 서 있어도 바닥에 닿지 못한
사막은 오래된 꿈이고
미래는 지나간 희망이다.
목마른 것들은 저마다 삶의 바깥에서 배회하고
숨죽인 것들과 목말라하는 것들 틈에서
거듭되는 생명들이 윤회한다.
누가 아픔을 느낀다면
우주 전체가 아픈 것이다.
천천히 나는 그것들을 배운다.
나의 학습은 존재의 허기
설령 당신이 배고프지 않다 해도
허기진 사실조차 모르고 있었을 뿐
떨어지는 물방울이 대양의 부피를 확장시키듯
나뭇잎 하나가 떨리면 존재계 전체가 경련한다.
혹시 귀뚜라미나 하늘소 같은
곤충이 아닌지 스스로를 살펴보라.

자신이 인간이라 믿는 건 자신의 꿈일 뿐
한 마리 벌레가 맞이하는 일몰 또한
우주를 물들이는 석양이다.

평행우주

나는 단지 육체적인 존재만은 아니다.
내 몸이 부르는 노래를 길 위에 있는 내가 따라 부를 때
꽃들을 심어놓은 하늘의 정원과
끝나지 않은 여행의 빛나는 체념을 기억하리.
잿빛 탄식으로 피어오르는 산들의 수증기 속에
몸이 끝나는 곳에서 나 또한 끝나리라 믿지 않으리.
강낭콩이 추억하는 푸른 공기와
바람을 묵상하는 새들의 날갯짓에 대지가 깨어나고
별의 한쪽에서 한때 살던 또 다른 별을 명상하며 나는 네게
마음을 다해 긴 편지 쓰리.
나는 너 앞에 반응하는 침묵의 주파수이며
묵언의 별들이 타전하는 고요이니
한 장의 깻잎이 펼쳐놓는 벽안碧眼의 우산 아래
구르는 말言들이 이슬 되어 떨어지고
은하를 가로지른 너의 존재는
막막한 우주의 부유하는 행성일 뿐
나는 단지 육체적인 존재만은 아니니
숨 막히는 시간과 머물 수 없는 고요 속에
뼈 없는 손가락 움직여 세상을 문자 하라.

세상의 꼬리

무심코 걷던 스승은 돌연
이빨 드러내며 달려오는 맹견을 향해
전속력으로 질주했다.
두려움이 으르렁거리며 달려들 때
어디로 피하는가 그대는?
사자의 꼬리만 봐도 사자의 포효를 떠올리는
유약한 상상력이 우리의 두려움이니
세상의 꼬리 하나 밟고 서서
세상의 거대한 몸뚱이를 봤다 소리치지 말라.
스승의 속도에 놀란 맹견이
꼬리 내린 채 달아나는 잡견으로 변하듯
꼬리 세운 세상 향해 온몸 내던져
정면으로 돌진하라.

시간여행자

시간은 다가오는 것이나 밀려가는 것이 아니라
병렬된 기억이니
몸의 경험 다해 별을 떠날 때 어떻게 하는가 그대는
유성 쏟아지는 기억 위로 사람들은 시간이란 문패를 달았다.
우리가 꽃 피는 별에서 보냈던 백 번의 실패와 한 번의 성취
나의 문패 위로 단 한 번도 겹쳐지지 않은 너의 문패와
이름 없는 곰파*에서 한 철 지낸 나의 전생은
혹한을 밟고 온 서릿발이다.
어느 생에서 나는 나귀를 부리는 마부였고
또 다른 생의 나는 자줏빛 가사 걸친 병든 라마였지.
암석 갈아 염료 짓는 화공의 손 같은 거친 세월이
문패 바꿔 달며 생을 위협하고
막고굴 제130호 굴, 거대한 불상 아래 서면
무엇을 시주할까 슬픈 생이여
생이라 부르면 불현듯 생손가락이 아픈데
거슬러 흐르거나 흘러서 넘친다 해도
나의 생은 나의 생
사막에선 밤새 손가락 사이로 시간이 흐른다.

무덤처럼 쌓이는 시간의 사구砂丘 넘어
쓰리고 따갑구나 나의 업이여
나의 금생今生은
낙타의 혓바닥을 붉게 적시는 소소초蘇蘇草 마냥 아프다.
시간은 다가오고 밀려가는 것이 아니라
한정 없이 늘어놓은 기억이니
몸의 경험 다할 때 나는 또 다른 행성을 윤회하리.

* 티베트의 사원

만년의 눈

하모니카를 분다.
혼자서 부는 하모니카 소리 위로 나는
만년설 덮인 산봉우리들을 얹어놓는다.
갈 수 없는 곳이기에 마음은 더 자주 가고
가령 고원에 피고 있는 양귀비 한 송이를
생각만으로 만들거나
허브 만발한 정원의 향기를 한 생각에 만들어낼 수 있다면
손수건 한 장 펴는 사이 날아오르는 마술사의 비둘기처럼
마음만으로 원하는 모든 것을 만들어낼 수 있다면
들이쉬고 내쉬는 호흡으로 나는 음표의 사다리를 올라가고
만년설 덮인 산봉우리를 음계 위에 올려놓는다.
미끄러지는 내 호흡이 만들어내는 기억 속의 비둘기여,
한평생 현기증 나는 인생을 내쉬고 들이마셔 왔던
입술 위의 굽은 코여,
나는 숨 쉬고, 나는 나 자신을 이제야 납득하려 한다.
납득할 수 없는 것을 납득함으로써 비로소
노래 아닌 것들을 노래로 만들려 한다.
우물이 대지의 깊은 고독을 적셔 입술의 기쁨을 만들 듯
만년晩年의 눈길 모아 봉우리 위에 얹어놓으려 한다.

새 같은 사람

새 같은 사람 하나 있다.
새만큼 멋진 않아도
새처럼 가벼운 사람
허공에 발자국 남기지 않는 새처럼
마음에 찌꺼기 남기지 않는
순결한 이 하나 있다.
새가 노래하듯 잘 감탄하며
어느새 예쁜 눈에 이슬 매다는 사람
콩닥거리는 작은 가슴으로 시를 읽는
그런 사람 하나 있다.
아픔이 찾아와도 날개 활짝 펴
더 높은 창공에서 반짝거리는
별 같은 사람 하나 있다.
내 마음 깊숙이 우물을 판
투명하고 예민한 새 한 마리 있다.

누란의 기억

혹 속에 갇힌 생은 어디로 흘러갈까?
눈 속으로 슬픔을 흘려보내며
무릎 꺾어 낙타는 세상에 굴복한다.
꽃 한 송이 없는 사막에서 사람들은 목화를 심고
어제 내가 봤던 신기루는 부유하는 사막의 미래,
등에 샘을 파둔 짐승의 오지 않는 과거였다.
과거의 예감과
미래의 기억 사이에서 나는 불면이고
숙면을 취한 날은 모래 밖으로 나가지 않았다.
사막에선 아무도 삶에 대해 말하지 않는다.
삶은 끊임없이 누군가를 가두었고
갇힌 방 속에서 모래 태풍이 누란의 기억을 학대했다.
누란은 어디 있는가?
몇 마리 도마뱀을 키우는
밤은 연민의 꼬리 또한 길게 키우고
기르기로 했던 머리카락 자르며 나는
숨 쉴 수 없었기에 아무것도 동정할 수 없었다.
누란은 정말 어디 있는가?
메뚜기처럼 뛰어다니는 생각을 붙들어

한 그루 홍유紅柳로 타오른들 무엇하랴.

생각이 무너뜨린 사막의 누각들이

고성高聲의 민요 끝에 신기루처럼 걸릴 때

아무것도 유보하지 않는 삶의 채찍이

굴욕으로 이력 난 당나귀의 근육 깊이

질기고 욕된 역사를 새겨 넣는다.

생은 부메랑 되어 손가락에 잡히는 원반 같은 것이 아닌데

나는 너무 먼 길을 돌아서 왔나 보다.

시간여행

그곳으로 돌아가 내가 하고 싶은 일은
그것들을 지우는 일이 아니라 변화시키는 일이다.
나는 내 과거를 수정할 수 있을까?
내가 내게 건 최면으로 나는 전생으로 퇴행한다.
시간의 퇴적물 건너 상처에 도달하고
아픔의 치유를 위해 명상한다.
비좁은 뇌 속에서 확장되는 불멸의 시간여행
과거 속을 걸어 다니며 내가 무엇인가를 용서할 때
분노와 회한 사이에 끼어 굳어 있던 육체는
거푸집 바깥으로 이탈한다.
나는 어디서 어디까지가 나인가?
나의 아스트랄체가 유영遊泳하는 영혼의 시공간
존재하지 않으면서도 존재하는
중첩된 시간 속에서 혹시
존재하지 않는 공간 사이에 걸쳤던 적이 있는가?
우리는 무엇인가의 홀로그램일지 모른다.
허깨비 말이 히히힝, 말발굽 소릴 내며 떠나가고
영혼의 질량을 덜어내는 순간이 우리를 찾아올 때
시간은 비로소 수직의 공간을 벗어난다.

다만 물질일 뿐이던 피부 끝을 이탈하며

길항拮抗하는 시간 속으로 기화氣化되는 생의 에너지

우리를 상처나게 했던 것들은 다 우리가 원했던 것이다.

욕망은 환생의 질료이니

많은 것들이 기록되지만 아무것도 흘러간 것은 없다.

시인과 떠난 여행 _ 자닌토

나는 영화음악가 자닌토.
음악을 밥으로, 방랑을 반찬 삼아 살아간다.
떠나감을 사랑하는 나는
내 음악의 지지자 김재진 시인을 피사체로 여행길에 나선다.

"선생님, 사진 찍을 때 말이죠, 하늘을 향하고 있는 피사체를 찍을 때는 마음도 함께 하늘을 향하면 좋아요."

나는 찍고 시인은 찍힌다.
모든 것은 그렇게 찍는 것과 찍히는 것으로 나뉜다.
모든 것은 또 부유한 자와 가난한 자로 나뉜다.
그것이 물질이든 영혼이든.

"선생님, 사람 그 자체를 찍는 것보다는 그 사람이 보고 있는 것을 함께 찍으면 멋있어요. 대상과 사람 사이에 연결된 시선의 줄을 찍는 거죠."

물론 나 혼자 터득한 근거 없는 야매 사진법이다.
나는 음악도 혼자 배웠지만, 사진도 혼자 배웠다.
인생도 혼자 배우고 있는데,
모든 방법의 공통점은 일단 하고 보는 거였다.

채식과 해산물을 좋아하는 선생님의 식성은 나랑 참 비슷하다.
남자끼리 공감하는 사랑 이야기도…

선생님이 앞서 가다가
그 뒤를 따라가던 나와 만난 게지.
선생님은 시의 삶을, 나는 노래 위를 걷는다.

음악가가 묻고 시인이 대답한다.

"선생님, 아름다운 삶 그런 거 말구요, 돈 잘 버는 법 좀 가르쳐주세요."

"자닌토, 생각을 좀 바꿔보라니까.

먼저 부자에 대한 이중 감정을 버려야 해.

유복함을 원함에도 불구하고 사람들은 부자들을 미워하지."

물론 여행 중에 우리가 나눈 이야기는

이런 돈 이야기가 아니라,

우리 삶을 휩쓸고 지나가는 인생의 고통과 사랑 이야기였다.

나는 만물이 겪는 고통의 저 밑바닥에는
사랑의 갈망이 깔려 있다고 생각한다.
나 자신이 나이를 먹으면서 과거와 달라진 것은
오는 사랑을 마다하는 것도 가능해졌지만,
가는 사랑을 고요하게 잘 보내는 것도 가능해졌다.

부자와 빈자.
그러니까 생각을 바꾼 자와
생각을 바꾸지 못한 자.

여행길에 스쳤던 아주머니 한 분이
사람의 진실은 뒷모습에 있다고 가르쳐주었다.
그러고 보니 사랑도 그렇다.
사랑도 떠나는 뒷모습에 진실이 드러난다.

"자닌토, 인생은 늘 기다리며 사는 거지.
늦게 오는 버스를 기다리듯.
그러나 너무 오래 기다리진 마."

삼청동 곳곳엔 선생님의 시가 담벼락에 새겨져 있다.
그런 그를 두고 고은 시인은 이런 추천사를 썼던 적이 있다.
"그의 시는 마치 이 세상에 있는 듯 없는 듯 여민 가슴인 채
심금 조용히 일렁이게 합니다.
이런 시인이 있어야 세상이 사정없이 무정하지 않습니다."

철학을 전공한 나는 음악을 하고
첼로를 전공한 선생님은 하모니카를 분다.
책 읽기 싫어하는 나와
책 읽는 선생님이 통하는 곳은 음악.

시인은 책을 펴고
음악가인 나는 악기 대신 카메라를 든다.

아무도 없는 내 안의
불꺼진 방을 위해 노래하는 시인.
자물쇠 하나 채워놓지 않은 방 안에 있으면서도
방문 열지 못한 채 갇혀 있는
여리디여린 사람들을 위해 노래하는 시인.

"선생님, 저는 음악하다 보니까 이제 글을 잘 못 쓰겠어요.
선생님이 가사 좀 써주세요."
내 노래가 내 꿈을 이루어주기를…
선생님의 시가 선생님의 인생을 위로해주기를…

자닌토 Janinto.com

'한국의 엔야'라 불릴 만큼 신비한 목소리를 지닌 자닌토의 음악은 듣는 이의 마음을 따뜻하고 애잔한 환상에 빠지게 만든다. 월드뮤직의 세계적 대가인 마이클호페는 그의 천재성을 두고 음악의 테러리스트라고 불렀다. 철학을 전공한 철학도임에도 불구하고 다수의 영화음악과 무용음악, CF음악을 작곡한 그는 최근 무대를 세계로 넓혀 마이클호페와 공동 작업한 음반을 미국 시장에 출시하고 있다.